远洋诗选

常春藤诗丛

武汉大学卷

李少君 主编

远洋 著

陕西新华出版传媒集团

太白文艺出版社

图书在版编目（CIP）数据

远洋诗选 / 远洋著. —— 西安：太白文艺出版社，2019.1

（常春藤诗丛 / 李少君主编 武汉大学卷）

ISBN 978-7-5513-1598-2

Ⅰ. ①远… Ⅱ. ①远… Ⅲ. ①诗集－中国－当代 Ⅳ. ① I227

中国版本图书馆CIP数据核字（2018）第 298601 号

远 洋 诗 选

YUAN YANG SHIXUAN

作　　者　远洋

责任编辑　蔡晶晶

封面设计　不绿不蓝　杨西霞

版式设计　刘戈

出版发行　陕西新华出版传媒集团

　　　　　太 白 文 艺 出 版 社

经　　销　新华书店

印　　刷　北京彩虹伟业印刷有限公司

开　　本　787毫米×1092毫米　1/32

字　　数　74 千

印　　张　6.75

版　　次　2019 年 1 月第 1 版

书　　号　978-7-5513-1598-2

定　　价　45.00 元

如有印装质量问题，可寄出版社印制部调换

联系电话：029-81206800

出版社地址：西安市曲江新区登高路 1388 号（邮编：710061）

营销中心电话：029-87277748　029-87217872

珞珈山与珞珈诗派
——《常春藤诗丛·武汉大学卷》序言

　　一所大学能拥有一座山，已属罕见；而这座山在莘莘学子心目中拥有不可替代的崇高地位，在当代中国也是少有；并且，这座山还被誉为诗意盎然的现代诗山，就堪称是唯一的了。在这里，我说的就是武汉大学所在地珞珈山。

　　前段时间，我在网上看到一篇报道，是武汉大学北京校友会会长、著名企业家陈东升在校友会上的发言。他说："珞珈山是我心中的圣山，武汉大学是我心中的圣殿，我就是一个虔诚的信徒和使者。"把母校如此神圣化，让人震撼，也让人感动，更充分说明了珞珈山的魅力。

　　武汉大学每年春天举办一次面向全国乃至世界在校大学生的樱花诗会。有一年，作为樱花诗会的嘉宾，我也说过类似的话："站在这里，我首先要对珞珈山致敬。这是一座神圣的现代诗山，'珞珈'二字就是闻一多先

1

生给了它一个诗意的命名。他的诗意命名。从此，珞珈山上，诗意源源不断，诗情绵绵不绝，诗人层出不穷。"

因此，关于珞珈山，我概括了这样一句话：珞珈山是"诗意的发源地，诗情的发生地，诗人的出生地"。在这里，我想对此略加阐释。

第一，关于"诗意的发源地"。关于诗歌的定义，有这么一个说法一直深得我心：诗歌是自由的美的象征。而美学界早就有过这样的论述：美是自由的象征。在武汉大学，很早就有过关于珞珈山上武汉大学的特点的讨论，不少人认为，第一就是自由。即开放的讨论，自由的风气，积极进取的精神。早在20世纪80年代，武汉大学就被认为是中国高校改革的试验区，学分制、转学制、双学位制、作家班制、插班生制等制度改革影响至今。关于自由的概念争议很大，但我同意这样的看法，人所取得的一切在某种程度上是其自由创造的结果。今年是改革开放四十年，中国目前所取得的成就，可以说是中国人民四十年来自由创造所取得的成果。珞珈山诗人王家新曾说，现在的一切，是20世纪80年代精神的成就和产物。这样一种积极自由的努力，在珞珈山上随处可见，这也是武汉大学创造过众多国内第一的原因。包括珞珈诗派，在国内高校中，也是第一个提出诗派概念的。所以，武汉大学是诗意的发源地，因为这里也是自由的家园。

第二，关于"诗情的发生地"。武汉大学校园风景之美世界罕见，中国公认。这样的地方，会勾起人们对大自然天然的热爱，对美的热爱，这是一种天生的诗歌的情感。而在这样美好的地方生活、学习和工作的人，比一般人就敏感，也更随性随意，这是一种诗意的生活方式。樱园、桂园、桃园、梅园、枫园，校园里每个地方每个季节都触发人的情感，诗歌就是"触景生情，睹物思人"，因此，珞珈山是"诗情的发生地"。在这里，各种情感的发生毫不奇怪，比如很多人开玩笑说武汉大学出来的学生，比较"好色"，好山色水色、春色秋色，还有暮色月色，以及云霞瑰丽，天空碧蓝等。情感也比一般人丰富多彩，对美的敏感度远高于其他高校学生。而比起那些一直生活在灰色都市里的人，珞珈山人的情感也好，故事也好，显然要多很多。

第三，关于"诗人的出生地"。意思是在珞珈山，因为环境的自由，风景的美丽，很容易成为一位诗人，而成为诗人后，必定会有某种自觉性，自觉地，然后是努力地去成为更纯粹的诗人，以诗人的方式创造生活。当然，这并不是说珞珈山出来的人都会成为诗人，而是说受过珞珈山的百年学府文化影响和湖光山色陶冶的学子，都会有一颗纯净的诗心，执着于自己的追求；会有一种蓬勃的诗兴，充满激情地为自己的事业而奋斗。陈东升说，珞珈山出来的人，天性气质"质朴而浪漫"，这就是一种诗性气质，珞珈人具有天然的诗性气质。这是珞珈人特有的一种气质，也体现为一种精神：质朴，故能执着；浪漫，所以超越。

　　说到珞珈山的诗人，几乎都有单纯而质朴的直觉。王家新算得上珞珈山诗人中的大"诗兄"，他是"文革"后第一代大学生，又参与过第一本全国性大学生刊物《这一代》的创办。《这一代》是由王家新、高伐林与北京大学陈建功、黄子平，吉林大学徐敬亚、王小妮，湖南师大韩少功，中山大学苏炜等发起的，曾经轰动一时。后来王家新因出名较早，经常被划入"朦胧诗派"，他的写作、翻译影响了好几个时代，他现在在中国人民大学文学院当教授、带博士生，一直活跃在当代诗坛。家新兄大名鼎鼎，但写的诗却仍保持非常纯粹的初始感觉，让人耳目一新，比如他的《黎明时分的诗》，全诗如下：

黎明
一只在海滩上静静伫立的小野兔
像是在沉思
听见有人来
还侧身向我打量了一下
然后一纵身
消失在身后的草甸中

那两只机敏的大耳朵
那闪电般的一跃
真对不起

看来它的一生
不只是忙于搬运食粮
它也有从黑暗的庄稼地里出来
眺望黎明的第一道光线的时候

　　我总觉得这只兔子是珞珈山上的，其实就是诗人本
身，保持着对生活、对美和世界的一种敏感。这种敏感，
源于还没被世俗污染的初心，也就是"童心"和"赤子

之心"，只有这样纯粹的心灵，才会有细腻细致的感觉，感觉到和发现世界的种种美妙。王家新虽然常常被称为知识分子写作，但他始终没被烦冗的修辞技术淹没内心的纯真敏锐。按敬文东的说法，王家新是"用心写作"而不是"用脑写作"的。

　　无独有偶，年轻十来岁的邱华栋也写过一只小动物松鼠。邱华栋少年时代就是诗人，因为创作成绩突出被保送到武汉大学，后来主攻小说，如今是鲁迅文学院常务副院长。邱华栋的诗歌不同于他的小说，他的小说是他人生经历和阅读学习的转化，乃至他大块头体型的体现。他的小说庞杂，包罗万象，广度深度兼具，有一种粗犷的豪放的躁动风格。而他的诗歌，是散发着微妙和细腻的气息的，本质是安静的，是回到寂静的深处，构建一个纯粹之境，然后由这纯粹之境出发，用心细致体会世界和人生的真谛。很多诗句，可以说是华栋用自己的思想感受和身体感觉提炼而成的精华。比如他有一首题为《京东偏北，空港城，一只松鼠》的诗歌，特别有代表性，堪称这类风格的典范。全诗如下：

　　朝露凝结于草坪，我散步

6

一只松鼠意外经过
这样的偶遇并不多见

在飞机的航道下，轰鸣是巨大的雨
甲虫都纷纷发疯
乌鸦逃窜，并且被飞机的阴影遮蔽
蚱蜢不再歌唱，蚂蚁在纷乱地逃窜

所以，一只松鼠的出现
顿时使我的眼睛发亮
我看见它快速地挠头，双眼机警
跳跃，或者突然在半空停止
显现了一种突出的活力

而大地上到处都是人
这使我担心，哪里使它可以安身？
沥青已经代替了泥土，我们也代替了它们

而人工林那么幼小，还没有确定的树荫
我不知道我的前途，和它的命运

谁更好些？谁更该怜悯谁？

　　热闹非凡的繁华都市，熙熙攘攘人来人往的空港，已是文坛一腕的邱华栋，心底却在关心着一只不起眼的松鼠的命运，它偶尔现身于幼小的人工林中的草坪上，就被邱华栋一眼发现了。邱华栋由此开始牵挂其命运，到处是水泥工地，到处是人流杂沓，一只松鼠，该如何生存？邱华栋甚至联想到自己，在时代的洪流中，在命运的巨兽爪下，如何安身之命？这一似乎微小的问题，既是诗人对自己命运的追问，其实也是一个世纪的"天问"。文学和诗歌，不管外表如何光鲜亮丽，本质上仍是个人性的。在时代的大潮中，诗歌可能经常被边缘化，无处安身，实际上也不过是一只小松鼠，弱小得无能为力，但有自己的活力和生命力，并且这小生命有时会焕发巨大的能量。这只松鼠，何尝不也是诗人的一种写照？

　　一只兔子，一只松鼠，这两只小动物，其实可以看成珞珈山诗人在不同场景中的一个隐喻。前一个是置身自然，对美的敏感；后一个是身处都市，对生活和世界的敏感。这两只小动物，其实就是诗人自身的形象显现。

　　其他珞珈山的诗人也多有这一特点，比如这套诗丛里的汪剑钊、车延高、邱华栋、黄斌、阎志、远洋、张宗子、洪烛、李浔等，每个人都有自己对于美、生活和世界的敏感点，可见地域或背景对诗人的影响是自然的也是必然的。凡在青山绿水间成长的诗人，总是有一种明晰性，就像一株草、一朵花或一棵树，抑或晨曦的第一缕光、凌晨的第一声鸟鸣或天空飘过的一朵白云，总是清晰地呈现出来，不像那种雾霾都市昏暗书斋的诗歌，自己都不知道自己在发泄和表达些什么，总是晦暗和艰涩的。

　　当然，珞珈诗人的特点不限于敏感，虽然敏感是诗人的第一要素。他们还有着很多的其他的特点：自由，开放，具有理想的情怀、浪漫的色彩和包容的气度，充满想象力和创造力。这一切，也是珞珈山赋予他们的。自由，是珞珈山的诗意传统和无比开阔的空间，给了珞珈诗人在地理上、精神上和历史的天空下翱翔的自由；开放包容，是武汉大学特有的居于中央贯通东西南北的地理位置，让珞珈诗人有了大视野、大格局；珞珈山那么美，东湖那么大，更是珞珈诗人想象力的根基，也是珞珈诗人浪漫和诗情的来源，而最终，这些都会转化为一种大气象、大胸襟和创造力。所以，珞珈诗人的包容性都是比较强的，古今中外兼容并蓄，没有拘谨地禁锢于某一类。所以，除了诗人，珞珈山还盛产美学家、诗歌评论家和翻译家，他们也都写诗。整个珞珈山，散发着一种诗歌气质和艺术气息。

　　总之，珞珈诗派的诗歌追求，在我看来，首先，是有着一种诗歌的自由精神，一种诗歌的敏锐灵性与飞扬的想象力；其次，是其开放性与包容性，能够融汇古今中外，不偏颇任何题材形式；最后，是对诗歌美学品质的坚持，始终保持一种美学高度，或者说"珞珈标准"，那就是既重情感又重思辨，既典雅精致又平实稳重，既朴素无华又立意高远，现实性与超越性融合，是一种感性、独特而又有扎实修辞风格的美学创造。

李少君

目录

辑一

青春之城

辑二

给亡灵写信

辑三

鸟说话

辑四

大地行吟

辑六

白桦树的眼睛

辑一

青春之城

满载着希望的船

满载着希望的船，升起帆
像海鸥振翮展翅，掠过浪

它从不眠的港湾驶离
卸下浮躁的烟尘、莫名的怅惘

它幸运地被大潮托起
它的躯体和轰鸣渐至高昂

欣喜的探险者、激情的弄潮儿
低声发出心底的吟唱

驾着它，向梦中的彼岸远航
拥在甲板，把即将来临的新世界眺望

而高高的桅灯，闪着耀眼的光——那是太阳
使我们在雾海上也不会迷失的太阳！

赶潮

张开翅膀的黎明
掠过浪尖
海边贝壳仍在沉睡
帆船在谛听
赤脚的风踏浪而来
把沙滩踏醒
浪花的裙裾窸窣有声

太阳的欢笑
倾泻在大海的胸脯上
大海泪光盈盈
澎湃而来的潮汐
淹没了黑夜的记忆
花讯飘然而至
把所有的迷惘带走

你在这里重新开始

砍断命运的缆索

呜呜吹响召唤

没有退路，退路

在身后纷纷坍塌

忧欢俱集

刻成密密的年轮

交给风帆吟唱

岁月飞逝

青春的枝叶簌簌作响

而我不再返回

1995 年

青春之城

一

青春之城！欲望之城！
一夜之城！不夜之城！
成千上万座打桩机敲击着大地的心脏
铿铿锵锵，响彻夜空，让你不能入睡
让你不能躺在惰性的温床上得到片时的安宁
成千上万台推土机、挖掘机仍在向荒野进军
向地层深处掘进，轰轰隆隆的喧响
把你的精神和身体带到持久而高亢的振奋之中
成千上万个少男少女在成千上万所迪厅酒吧
疯狂痛饮疯狂吼叫疯狂扭摆啊疯狂摇滚
携带着隆隆滚轧在天空和大地上的春天的雷霆

二

从北方到南方

仿佛进入梦幻剧场

纷繁而新奇的事物目不暇接

你终于到达几代人不曾梦见过的地方

你的思绪和灵感在沉睡一冬的脑中闪耀

犹如雷电激活二月天空上的积雨云

一切都在这里碰撞、爆炸、化合

分娩出雷霆和思想

欣喜　困惑　痛苦　焦灼

谁能使你狂躁不安的心灵和身体得到平静

从来没有过　如此强烈地

渴望灵魂的交流　渴望新生活的拥抱

渴望变革和创造席卷一空的风暴

三

我看到人才大市场的春潮涌动

闪亮着无数渴求与挑战命运的眼神

我看到深南大道鲜花簇拥交通堵塞的早晨

满街上都是西装革履的俊男

和打扮时髦的靓女

步履匆匆，追逐着信息与时尚

奔赴谈判桌或写字台、商务约会或私人约会

一个个踌躇满志，气宇轩昂，满面春风

我看到各个培训中心灯火通明的晚上

为了考取"英语、电脑——深圳人二十一世纪的通行证"

以及各种资格证

上岗证、合格证、执业证

为了"跳槽"，炒掉一个又一个老板的"鱿鱼"

为了最终自己当自己的老板

那些忙碌了一天的"蓝领""白领"们

都聚精会神地坐在那里静静地"充电"

我看到酒会、招商会、展示会、洽谈会、新闻发布会

日夜在举行

市长们、局长们、经理们、专家们以及老港和老外们等

各色人

频频举杯，唾沫横飞，用普通话和广东话、闽南话等各
地方言及各种
外国语
发出投资邀请，或者大肆吹嘘推销他们最新的产品

四

她是二十岁的少女吗
正值豆蔻年华，鲜嫩水灵
洋溢着青春芬芳的美与活力
魅力四射，光彩照人

他是二十岁的青年吗
如火如荼，如夏如春
新的工作，新的构想，新的偶像
带来新的挑战，新的机会，新的激情

阴郁和冷漠不属于这里
萎靡与衰退不属于这里

没有时间忧愁，没有时间苦闷

没有时间叹息，没有时间呻吟

没有一张安定的椅子让你稳坐不动

没有一杯清茶可以悠悠闲闲地啜饮

只有奋发向上，蓬勃昂扬地向上

只有拼搏竞争，果敢勇猛地竞争

这就是我的二十岁的青春之城

充满喧哗与躁动的气氛

从白昼到夜晚，从夜晚到凌晨

四周轰响的声音

包围着我，裹挟着我，激荡着我

我像坐在沸腾喷发的火山口

像被卷入龙卷风急剧飙升的大气旋流中

像被高高托举在汹涌澎湃的春潮之上

像在超音速列车里朝着远方的黎明风驰电掣

像乘着火箭和宇航船

飞向太阳与火星……

1998 年

向开拓者致敬

你，开拓者，一个民族的开路先锋，
肩扛着时代的巨斧和雷电和
闪着早春寒光的犁铧，
劈开冻云，向板结的土地挑战，
向僵滞的季节挑战，
向藤蔓纠结的藩篱和荆棘封锁的禁区挑战。

你曾喊叫着，行动着，沉默着，
高高竖立起一个开放的雕塑和路牌——

把门打开！
把门开得大些，再大些！
把门框推向两边一直推得开裂！
把陈旧开裂的门框拆下来！

今天，当你老了，本该卸鞍歇息，
你又从头开始，从零开始，从负数开始——
卸掉历史的包袱，
轻装前进，上路！

为突破瓶颈，穿过夹缝，
冲出长长的幽暗的隧道，
指挥着，调度着，大声疾呼着，
让一切走上新的轨道，
走上电缆和光纤铺设的信息高速公路，
让一切高速并且高效地运转起来！

让一道思想的光芒照亮春天的泥泞，
让波澜壮阔的春潮通过你继续汹涌澎湃地奔流，
你筋肉暴突的臂膊仍然迸淌着汗瀑，
你久久压抑的力量也从中喷发出来——
你以抛弃一切和不怕被一切所抛弃的果敢——
仍然站在了时代的最前列！

1998 年

走在阳光里，真好

走在阳光里，真好
感觉到自己被融化了

我是从阴影下走出来的人
带着冻僵的身体和大脑

像一块冰，在温暖中
甘愿一点点，一点点地消融掉

包括寒流肆虐的梦魇
以及严冬冷峻的思考

包括心灵深处的一丝余悸
以及微笑背后残留的点滴烦恼

走在阳光里，真好
我回春的血液沸腾如潮

我想化进大地的绿色
我要融入大河滔滔

我想蹽开大步向太阳奔跑
我要张开双臂与浪花拥抱

当柳枝正要再次吹响春天的号角
可为什么北风又打起呼哨？

我将勇敢地扬起鞭子，我将大声疾呼
甚至，我将愤怒地咆哮——

那暗角里刮来的寒风啊
不要，不要把白花花的阳光吹散了！

1999 年 12 月 24 日

群禽飞临

一

一群鸟儿，翩然遨游在城市上空。

不知道你们，从何处飞来，飞过了几多关山迢递、风雨霜雪的途程。或携老扶幼，或抛伴弃雏，是为了追赶春天的花信风，寻找舒展双翅的广阔天空，还是来觅求安居生息的一方乐土？

为什么，惯于南北迁徙的候鸟，喜欢漂泊流浪的漂鸟，在大地上任何一个角落都可安身立命的留鸟，都从四面八方飞来了，麇集在这座新生的楼厦的丛林？难道，这里，是适宜于所有鸟类生存的欢乐园、理想国？

是来自海边的精卫，依然衔着移山填海的夙愿。

是飞出深山的杜鹃，依旧怀着啼血泣泪的初衷。

是南国村野的布谷，不再低唱插禾收割的古老的歌儿。

是北溟蜕变的鲲鹏，从此舒展挟雷携电的年轻的羽翼。

16

或于大潮里悠然地戏水逐浪，不时引颈自得地啭鸣。

或在疾风中迅速地转向回旋，偶尔顾影自怜地哀啼。

或像猛射的箭簇，从草莽间直冲九霄，抛撒一串串银铃。

或似断线的风筝，自浮云上翻滚跌落，发出一声声喑哑的呼唤。

无论鹰击长空还是燕掠浅水，你们，都给这片曾是偏僻荒凉的土地，带来灵醒、热情与活力，也带来不安、喧哗和骚动。

另一片森林在你们的呵护扇动下蓬勃生长。

又一轮太阳在你们的催促呼唤中跃然崛起。

你们比翼齐飞的矫健身姿，汇合成一支追寻春天、飞向未来的队伍。你们此起彼伏的动人歌声，交织成一曲沉重低昂、恢宏壮丽的乐章。

二

是刚刚从幽禁的笼子逃脱的吗？你的翅膀还有点僵硬，还不习惯于这温煦的阳光、清新的空气，和这无羁绊、无遮拦的飞行？

——再没有谁，能把你玩弄于股掌之中；再没有谁，能折断你矫健柔韧的翅膀！

是刚刚摆脱那紧紧勒住你命运的绳索吗？你的身上还带着沉疴旧创，你的眼还流着泪，你的心还滴着血，你的嘴，还留有余悸地颤抖着，发出一阵阵痛苦的呻吟？

——再没有谁，能用钢箍铁圈拶住你的咽喉；再没有谁，能饿你、困你，威胁恫吓你、折磨煎熬你了！

是刚刚从那狭隘闭塞的幽谷山林里飞出来的吗？你那么兴奋、那么惊喜，欢叫着、扑腾着，真的，你发现了奇异而美丽的一切。

——再没有疯魔瘴气毒害你，再没有明枪暗箭瞄准射击你，再没有恶狼狡狐算计你，再没有荆莽和大森林的噩梦之网拦阻你渴望高高飞翔和放声歌唱的心了！

三

无论暂栖在这钢筋水泥蓬勃生长的枝头，还是倦飞而寻觅永久安居的窠巢——

在这高楼围困的城市的樊笼，你能栖息无忧无梦的睡眠吗？

在这充满喧嚣污染的天地，你能找到宁馨纯净的空间吗？

在这浮躁烟尘、物欲横流的世界，你能重建爱和灵魂的家园吗？

哪里，可以呼吸爽透肺腑的富含负氧离子的新鲜空气？

哪里，可以啜饮澡雪精神的清纯的泉水？

哪里，可以歇栖无枝可依的浪漫纯情的梦幻？

仿佛，是一片浮躁的氛围，轰轰地，刺激着你，撕裂着你，让你难以平静地梳理你心灵的羽毛？

似乎，是一种疯狂的旋涡，暗暗地，裹挟着你，旋转着你，使你不得不去追逐身外和心外的一切？

也许，是一个宿命的结局，冥冥之中，呼唤着你，拽拉着你，令你百无聊赖地沉溺于霓雾烟华和声色犬马？

曾经心气高远的鸟儿啊，难道，你也变得利欲熏心、鼠目寸光？

四

上下翻飞的鸟群啊，你们中的有一些，可能要沉沦，要跌落，要自毁于这城市的泥淖。

但作为生生不息的群体，我相信，你们必将飞过迷雾和低谷，飞向更广阔的境界，去迎接新世纪更旖旎灿烂的曙光，去建造更符合自然天性的乐园。

愿群鸟的精神，永远自由而超越地，遨游在城市上空。

旋转门

离开阳光、天空和大地，走进去
把精神交给物质一小时
眼花缭乱，目迷五色。直到受不了
阶级的气味，大脑因缺氧而头痛欲裂

每个人不由自主地被卷入，或争先恐后
占住其中一格。进进出出，加入流通行列
蓝领白领，欢叫的孩子，兴奋的观光客
一张张热情或冷漠的面孔浮沉隐现

向城市敞开，这欲望的大嘴
经济的大鳄在市场游弋
吃肉不吐骨头，把金钱和灵魂一起吞噬
每个人出来时怅然若失，比先前消瘦

既不是地狱也不是天堂的入口
你且扶着它转动世俗生活的法轮
它和你一样会被用旧，被磨损，重又刷新
事物轻轻经过，留下了内心的裂痕和擦伤

在它面前你还犹豫和迟疑什么
透过玻璃，你不能看清一切
总是有更多的人不停地卷进去
当你掉头远离，它仍然在你身后开开合合

2002 年 1 月 9 日

一棵树

一棵树　被载离故土

一棵树　被削足砍手

一棵树　好像赤条条来去无牵挂

一棵树　莫名其妙成了一根光棍木头

一棵树　从上到下伤痕累累

一棵树　从内到外浑身是嘴

一棵树　张开一千张伤口的嘴巴

在阳光下　傻傻地久久不能说话

一棵树　孤苦伶仃在远离所有亲情树的黑夜里

一棵树　在阴影中背过身去默默流泪又流血

一棵树　呆呆站在异乡的街头

一棵树　慢慢适应陌生的气候

一棵树　渐渐长出新的繁枝茂叶

一棵树　用绿意葱茏把自我层层包裹起来

一棵树　似乎　早就好了伤疤忘了痛了

一棵树　愣愣地反问你　为什么

一棵树　一定要将它的层层伤疤带血地撕开？

苦

苦啊——
一开春，就听见这种鸟叫声，
如无助的哀告，如深长的叹息，
在梅林一村，在莲花山旁，
日夜不停。

听说，它也是杜鹃的一种，
它不叫"快快布谷"，催人播种，
它不叫"早早插禾"，催人栽秧，
在深圳，在这座新崭崭的城市，
喊什么屈，叫什么苦呢？

我看见它在路灯杆顶，
用一些残枝败叶，搭了个小窝，
觉得不可思议，马路对面

就是莲花山，为何不回归山林？
难道它喜欢灯红酒绿，以及
这化学雾霾，闹市噪音？

问了几个人，有朋友说它是一种候鸟，
南北迁徙，抛妻别雏，把孩子
寄养在别的鸟巢中。

苦啊——
一开春，就听见这种叫声。

辑二

给亡灵写信

送别母亲

一

我咽着泪水为你送行　泪已干　心已碎
剪下席角与白纸系在门前树上
做你的路标和望乡台

阴间　也一定坎坷不平
那远方太远　黑暗太深
母亲　你是否认得回家的路

二

你生养四个儿女
却没人能为你送终

是父亲出门的一阵风
把你带向黎明前
人世间最深的寒冷和黑暗中

三

母亲　我回来得太晚
没和你见上　最后一面

小妹说　你走得安然
没一句遗言
像断线的风筝
了无挂牵

四

一年来辗转反侧
总是胸闷头痛　心悸难眠

近些日子怕听电话

响如催魂铃

时时刻刻提心吊胆

五

人在江湖　身在异乡

惊闻噩耗　千里奔丧

六

几根木头和雨布　给你搭灵棚

一炉香　三杯酒

再用心里的血和泪

点一盏不息的长明灯

七

你解放前挖野菜
三年困难吃树根
大锅饭里只舀到
一小勺洗锅水

责任制时你起早贪黑披星戴月
恨活死做省吃俭用
——为供儿女上学长大成人

你临终前两个月
因腹部肿瘤　水米难进
只能喝清米汤

九死一生　半口清米汤啊
就系着一缕　你不忍离去的魂

八

母亲　让我为你
摆上祭品——

你平日极少尝的鸡鱼肉
——在你缺衣少食的六十七载光阴

九

打草铺　枕土坯
在寒夜　守护你

星星雨点　是天落泪吗
飕飕冷风　吹不散哀思

没有了你　母亲
即使是温暖如春

即使是盛夏酷暑
也让我寒冷彻骨

十

白纸糊门　白布披身
手持白棍　脚穿白鞋

我真的不能相信
母亲啊　你已离去

我再不能幸福地
沐浴在母爱的光辉里

十一

连孤魂野鬼
也不忍来抢你的纸钱

你勤劳而穷苦的一生
何曾用一分　为自己打算

烟雾弥漫　经久不散
儿女的心　烧成灰烬

十二

千嘱咐　万叮咛
病危之时　临终之际
你挂念着村里的穷乡亲
和几乎素不相识的
外乡"可怜人"

为你亲手收拾的
几个救济的大包袱
在护送你千里回家的路上
我和大妹的肩膀被勒得出血

十三

引魂幡
在初冬的雾中
打成碎片　纷纷扬扬

白鹤凌空
却被捆在
棺材顶上

我捧着你的遗像
两眼苍茫
迎向世间的寒风

肩上　头顶
承接着
天降的雪霜

十四

我从不行贿
却要按老家的习俗
请人撒"买路钱"

母亲　只是
为了你
走得一路平安

十五

下到三尺深的墓井
为你暖一下土坑

这是第一次
也是最后一次
我为你

送土地以体温

母亲　你能感觉到儿子
给你的一点
微小的温暖么

十六

出殡那天
是天赦日
上天
是否把欺压凌辱虐待过你的人
罄竹难书的深重罪孽赦免

你下葬时
四周峰峦　隐入云雾
唯露半山亭的尖顶
幻化出仙境

我只顾叩首痛哭

有人说
这是你升仙的吉兆

儿的心
才得一丝安慰

十七

母亲啊
你真的终于脱离了苦海吗

2009 年 1 月 2 日

弥留之际

病房嘈杂得像菜市场。
病危的母亲烦躁难忍，突发癫痫，
口吐白沫，哭叫然后啜泣。

另一个黑衣人，颤巍巍地，从田埂
挎着空荡荡的竹筐来了，
老婆婆脸已浮肿。
你远远看见，就止不住双腿抖颤，
失脚，晕倒在田里。

一九五九年，面黄肌瘦的秋天。

正月初六迎春花开时嫁到这里，
八月初六就被赶了出去。

公公告诉婆婆，扔给你一只破木碗，
叫你滚出去。要是少一张嘴，
姑奶和小叔不会饿死。
你自幼丧母，把她认作娘亲，
立刻天昏地暗——那剥了皮的枯树上的蜂群
嗡地袭来，蜇痛你的肺腑。

扔给你一只破木碗，叫你滚出去。
母亲病危时讲述这些事情，
或许，我无法想象那年月的残酷。

多年前母亲已埋葬在故乡的山谷。
是谁的灵魂在喊："苦哇——苦哇——"
空中总有一只鸟儿悲哀的叫声。

失去的月光

三个瘦得钓鱼竿一样的少年，啃着
从生产队地里偷来的红薯。
在柳林外的沙滩，
面对清风明月，波光粼粼奔涌的河流。

这些本该背书包上学的孩子，
每天带着锄、锨、筐等劳动用具，
在挖山、改河造田的疲惫之后，
夜晚拖着沉重的腿，去偷阴影中的红薯。

走进月光朗朗的乾坤里，他们只知道饿，
不在乎另一边黑暗深深，是杀人溅血之处——
公社开了万人公审大会，戴着纸糊的高帽子游街之后，
无辜的罪犯们被枪毙之处。也许，
他们只是偷了一个红薯。

月光那么白，那么洁净。

三个黑孩子品尝尚未沾血的月色。

若干年后，早已忘记幸存者的恐惧，常常在秋夜醒来。

——他们也只为那河流、沙滩、柳林，

和永远失去了的清风明月，

莫名地痛苦。

夏日时光

簧片般的蝉，把柳梢叫绿了
蜜蜂和蝴蝶
衔来沾满花粉的夏日时光

夜晚，母亲弯作苦楝树，摇篮曲
哼成熏蚊子的艾蒿香烟袅袅。星星的
萤火虫，落进戴兜肚的婴儿梦中

山上野果熟了，鸟知道
没日没夜地叫："绿豆果果——绿豆果果——"
呼唤孩子们赶紧去采摘

光腚的顽童，像青蛙
扑通扑通
跳进池塘里

母亲临终还说起

你捡拾羊粪蛋当豆豆吃

你偷吃藏起的砂糖倒进水

暴风雨后，放牛岭上的红沙路

是我脸上的泪痕吗

而今向谁，追问那饥馑的岁月

2013 年 2 月 24 日

给亡灵写信

把纸糊成筒，劈开竹子。
下午，忙着做骷髅灯。

天黑，跟爷爷到坟山。
烧纸放炮，磕头作揖。然后，
在每座墓前插竹扦、套纸筒，
里面放一支小蜡烛——
给亡灵点灯。

一排排亮了：白灯、绿灯、红灯。
似水晶宫，灯火辉煌的小城。

远处，是顽童们在村路上的喧闹声——
"正月正，正月十五玩红灯。
别人的红灯玩罢了，我的红灯才起升。"

回到屋旁塘埂，再送三盏。

给孤魂野鬼——曾祖父、曾祖母、外祖父

他们不知死在哪里，

也无人收尸——微光忽闪，

映得幽幽的池塘比黑暗更深。

第二天一早我去收灯笼，

裁作作业本——从此，

我写字，就觉得是给亡灵写信。

春耕图

"早早插禾——早早插禾——"
乳白色雾霭仍然笼罩着轻寒，
淡青的柳梢刚刚有紫蕾绽破。

"嘿——叱！嘿——叱！"
弓背弯身的老者头戴斗笠，身披蓑衣，
颤巍巍地蹚开一片泥水的浑浊。

一手扶犁，一手甩着细嫩的柳鞭，
慢吞吞，颤巍巍地
趔趄在冰凌破碎的冽冽水田。

那里寒冷刺骨，土壤瘠薄，

粗嘎嗓门儿，把跟他一样佝偻
而又瘦骨嶙峋的老牛吆喝。

谁在催促？催促个不停？
是布谷鸟口舌生疮，嘴角流血，
在天空日夜啼鸣，不歇气儿地唱。

"早早插禾——早早插禾——"
鸟儿呀，比残疾的老者还要焦灼。
如今，谁还听这支滴血的歌？

归乡

藤蔓把颓墙的伤疤遮掩

院里野草

是亡逝的母亲思念疯长

干涸的老井

映过童年的笑脸

如今却照不见两鬓霜雪

村前小河淤塞了清凌凌的记忆

鸦巢落日，不闻鸡鸣犬吠

也无哞叫的牛羊

房前屋后的杏花李花呢

紫如淤血的蓼蓝深深

甚至，找不到剩下的半截枯桩

荆棘挽留着踉跄的脚步

雾霾里稀少的星星

坠入深渊般黑暗的池塘

那屋檐下呢喃筑巢的燕子呢

那一家人围绕的寒夜里温暖的炉火呢

那春种秋收的辛苦忙碌和欢闹的笑声呢

一片死寂的废墟

唯有虫吟依旧，虫吟依旧

细听却似亡灵嘤嘤低泣

2013 年 11 月 9 日

萤火虫

忽闪忽闪，米粒大小
金色的光亮
在夏夜的田野上
诱惑着我——

我变成一只青蛙
跌跌撞撞，蹦跳着
沿着泥鳅般黏滑而弯曲的田埂
去捕捉那小小的生命之光

装进剥开后
仍能完整地合上的鸭蛋壳里
（那时，一只用完的墨水瓶
都难以找到）

像揣着一个惊天的秘密，悄悄地
溜回早已熄灭了豆油灯的家
高大阴森的祖屋
也不再可怕——

钻进蚊帐里躺下，手心里捧着
这土地上世世代代
无数冤魂化成的
萤火虫

我为自己黑暗的童年
制造了
一小片灿烂的星空

2014 年 8 月 11 日　晨

橡子

屋后山上，一大片橡树林

又深又密，遮天蔽日

高大的橡树干上满是疙瘩

好像伤疤，又仿佛要开口说话

橡树叶有巴掌大，叶脉如掌纹

有时我会瞅瞅，但读不懂它们的命运

开批判会的日子，常逃学

喜欢躲在里面，听狗叔讲童话

秋天，上山打橡子

橡子如雨，落在头上

比爷爷的磕栗子①还轻

只是有一点点儿疼

---

① 将食指曲起，以指关节敲击头部惩戒儿童的方式，俗称吃"磕栗子"。

母亲用橡子做橡子粉

磨成面，一桶清水泡一晚上

就漂去了苦涩

嫩、滑、软，好像凉粉

炒着吃，蒸着吃

这是秋天最美味的食品

四十年过去了，我还记得

爷爷磕栗子般的橡子，和母亲

过滤了苦涩的橡子粉

2015 年 9 月 5 日

送灯（一）

每逢元宵夜，墓前都被敬上灯盏，
为死者们照亮黑暗。
这是故乡大别山特有的习俗。

那一晚，夜夜漆黑的坟山，
就变成水晶宫和不夜城，
如天上街市落在人间。

儿时，爷爷还带我去路口送灯，
两盏给曾祖父和曾祖母——
是死于"白色恐怖"，还是其他原因？
当时爷爷才几岁，说不清。

第三盏给我外祖父，教书先生，
也是地下党，被土匪绑去活活打死，

而那时我母亲尚未出生。

三个人都死不见尸，成了孤魂野鬼。
这三盏灯，
为亡灵照亮回家的路。

2016 年 1 月 24 日

送灯（二）

给每间房屋点亮灯，
给走廊、门口挂上灯，
给牛栏、猪圈放盏灯，
老老少少到山上墓地里，
在每一座坟前跪下、磕头，
送上一个纸糊的灯。

还要给死于战乱、匪患和饥荒
那些尸骨无存的先人，
在村口或屋旁池塘边
点盏灯——
照亮亡灵们回家的路。

一整年的所有夜晚，
逝去的人在黑暗中长眠，

活着的人在黑暗中摸索。
抢种抢收，生儿育女，
他们习惯了黑暗，
似乎从未寻找过光明。

一整年只有这天夜晚，
所有的生者和死者
都拥有一盏灯。
一点小小的光明，
照亮贫寒的节庆。

这独特的送灯习俗，
唯有在大别山腹地传承。
一年中只有这天晚上，
生者和死者都通宵达旦
守护着这一盏风中之灯。

2017 年 1 月 24 日

送灯（三）

三根竹签，一张白纸
再加一支蜡烛
插在土里
就可以制作一盏风中灯
从村外大路口就能远远望见
老屋旁的黄泥塘埂上
黑暗里忽闪忽闪的光亮

当你掬护着这豆粒大的烛火
恍惚之间逝去的亲人
从远远近近翻越一道道山梁
踩着一条条泥鳅般黏滑而弯曲的田埂
飘飘忽忽地赶来

路上孤魂野鬼们

捡拾起战乱和饥荒中失散的骨头
恢复有血有肉的人身
连饿殍的面容也变得光鲜生动
这些不曾入土为安的先辈
在数十年流浪漂泊之后
在一盏萤火虫般灯笼的照耀下
终于回家了

他们聚拢在小小的温暖之光旁
一次次重拾一九三〇或一九五九
被深深埋葬的往事
没有悲愤的血泪控诉，只有
永远失语的沉默

而今夜，当你迷失于都市
梦一般虚幻的灯火里
在你荒废的村子
再也没有人点一盏小小的灯
为亡灵照亮回家的路

2017 年 2 月 10 日

寻找另一盏灯

在风雪之夜

我已经记不清我怎样跌跌撞撞

走过那条黑暗而曲折的村巷

独自一人，提着一盏自制的小小灯笼

去寻找另一个

同样打着小小灯笼的孩子

至今，我的耳旁似乎仍然回响着

嘎吱嘎吱的

踏在雪地上的脚步声

我觉得自己的心还停留在童年

总是提着一盏灯去寻找

另一盏灯……

2017 年 1 月 14 日　夜

天窗

那个年代剩下的书

藏在阁楼上

那是阴暗的祖屋里

唯一亮堂的地方

低矮倾斜的屋顶开有一面天窗

一块明瓦镶嵌在千万块黑瓦之间

我常常偷偷爬梯子上去

躲在粮囤角落看书

粮囤一年到头空空荡荡

小木箱永远满满当当——

民国课本，还有《红旗谱》《播火记》

《绞刑架下的报告》《诗刊》……

这些，让我忘记了饥肠辘辘——

从天堂缝隙透下的一线光

朗朗地照亮

眼前这些被压得扭曲变形的书页

2017 年 6 月 3 日

辑三

鸟说话

长明灯

是谁，在黑暗的墓穴里，
点燃了一盏灯？
它，不是为死了的人点的，
也不是为活着的死人点的。
是谁，在黑暗的墓穴里，
为灵魂点亮一盏灯？

它的燃料，是不是血，
和含盐的眼泪？
在封闭的充满腐烂气味的墓穴里，
它，又如何能燃烧不息？

也许，终有一天，
黑暗的墓穴会被掘开，
一阵新鲜的风，从洞口吹进来，

而它将欣喜地归于寂灭。

而我仍然要问——
是谁，在黑暗的世纪，
为灵魂点亮一盏灯？

2001 年 2 月 1 日　夜

给我

给我——迷漫着忧伤雾霭的田野

给我——田野上响亮而又暗哑的狗吠

给我——伙伴们颤抖在夜空中的呼唤声

给我——母亲愁苦的面容和衰老佝偻的背影

给我——那些浸泡着辛酸的记忆

给我——

让我干涸多年的眼睛再一次注满泪水

让我像一个孩子一样再一次痛哭失声

让我在人世的锤击下变成石头的心灵

再一次，在泪水的洗礼中醒来……

2001 年 1 月 10 日　凌晨

嫁接

从故乡的枝头
"咔嚓"一声剪断

不说了——母亲的断臂之痛
和你自戕的流血

从北到南
从一个种类到另一个种类

要适应的，不仅仅是有瘴疠的水土
熔铁似的阳光，酷暑溽热的气候

飓风震惊的吹袭，以及新的母体
明里暗里的排斥与拒绝

错位。生活在别处
历经脱胎换骨的蜕变

为了存活下去
有多少东西需要面对

为了存活下去
且将伤疤层层包裹起来

2001 年 12 月 5 日

鹤仙子之歌
——纪念徐秀娟

徐秀娟——我国第一位养鹤的姑娘，也是第一位为保护珍禽而献身的烈士。她自幼跟父亲徐铁林养鹤，18岁就成了养鹤专家，1986年远离家乡黑龙江扎龙自然保护区，支援盐城沿海珍禽自然保护区养鹤。一年后（1987年9月15日），她为寻找内蒙古呼伦贝尔市赠送的一对黑天鹅，涉水过复堆河时，不幸溺水牺牲，年仅23岁。因她而创作的歌曲《一个真实的故事》传遍大江南北。

又见芦苇，芦苇苍苍；
又听鹤叫，叫声嘹亮……

哦，多少年了，再也看不到你养鹤、护鹤的窈窕身影，
再也听不见你应和着鹤儿的清幽歌唱……

大雪一般无边无际的芦苇荡呀，

摇曳着纯朴善良的愿望：

你没有沉没在沼泽地里，而是变成了鹤仙子，
驾鹤西去，扯断了骨肉亲情，在另一个世界，翩翩翱翔。

可是，你的灵魂，是否真的也化作了仙鹤，
逍遥遨游，离开故土老家，远走他乡？

那些有灵性的鹤儿，见到你的爸爸妈妈，就像见到亲人
一样，
合影留念，恋恋不舍地偎依身旁。

转而引颈长唳，朝着苍茫的天地，一声声、一阵阵悲鸣，
惹得风儿又低低哭泣，白云又悄悄落泪，打湿了人们的
衣裳……

那些通人性的鹤儿，没有把你遗忘：
在那一片芦苇坡，在你生活过的地方——

日日把你痛苦寻觅，夜夜把你执着呼唤，

是那么凄凉、忧伤，又是那么哀恸、悲壮……

向你诉说：北方美好的家园，曾被一场大火埋葬，有多少美满的仙鹤家庭，
在大火中逃亡，劳燕分飞，妻离子散，毁灭了欢乐和希望。
向你讲述：南国越冬的湿地，正被座座高楼蚕食侵占，有多少长途迁徙的伙伴，
在最后到达的一刻，饥渴疲累而不得饮食小憩，从高空掉下，摔死在地上。

你一定会为此而忧心如焚，难以安息，辗转反侧，用你温暖如春的胸怀，
将坚冰融化，在地下催生苇根萌发新芽，孵化春天的翅膀。

你一定会大睁着九泉下本应闭合的眼睛，深陷眼眶，用你铁一般冰冷的目光，
把那些毁我家园的人，永远钉在历史的耻辱柱上。

哦，你真的变成了一棵小草，真的融化到那美好的景色中去了，

为故乡增添一片绿的蓬勃生机，遮掩了废墟的荒凉。

而你，是否还像生前愿望的那样，仍然喜欢看日出日落，
跟着鹤儿嬉戏，
欣赏着大自然神奇的美，在荒野中听鸟儿歌唱？

又见芦苇，想起了人与自然和谐的蒹葭苍苍，
又听鹤鸣，怀念着因爱鹤、救鹤而壮烈牺牲的姑娘……

2003 年 2 月 21 日　凌晨

（此诗在中央电视台 2003 年 3 月 26 日晚举办的《美丽的地球
我的家》大型诗歌音乐会中作为唯一一首配乐诗朗诵节目播出）

鸟知道

三月，该播种了，布谷知道，
于是没日没夜地叫——
"快快播谷！快快播谷！"
催促着人，催得人心焦。

四月，该插秧了，阳雀知道，
也是没日没夜地叫——
"早早插禾！早早插禾！"
叫得口舌生疮，直流血。

五月，野果熟了，绿豆果果鸟知道，
还是没日没夜地叫——
"绿豆果果！绿豆果果！"
呼唤孩子们赶紧上山去采摘。

六月，要发大水，鹈鸪知道，
更是没日没夜地叫——
"水灌都！水灌都！"
提前发出了预报和警告。

喜鹊报喜，乌鸦报忧；
燕子知兴衰，良禽择木而栖；
鸿雁南北迁徙，从不迷失。
人啊，为什么这么无知？

2009 年 3 月 22 日

秋天与早晨的黑暗

她的眼神里有深深的眷恋，
铁栅栏难以逾越。
死神降临在秋日明媚的早晨，
抓住这只祖籍南非的石燕。

她一瘸一拐地，挣扎，
扑腾着，来到紧紧关闭的笼门口。
隔着生与死的两道栅栏，
注目凝视，看了心爱的最后一眼。

她不愿意死，她要为他，
生儿育女，做一个幸福的小窝。

一个月，她生了六个蛋，
都掉在铁丝笼底，碰碎了。

她仍然力图使自己破碎的心和
这幸福的小家，保持完整。

最后生三个，耗尽她的生命。
她瘦成皮包骨，病了……我的粗心和愚蠢，
使拯救变成伤害与戕残，药物之毒
竟如蜂群蜇来——该如何偿还这深重的罪孽？

他们，相亲相爱的日子，
才五个来月，一百六十二天。

她求生的欲望多么强啊！一整天她昏迷不醒，
闭着眼睛；当给她喂水和牛奶，她张嘴勉力啜饮，
直到小小的心跳和微弱的呼吸停止。
却睁开双眼——她心有遗恨，死不瞑目？

秋光犹如利刃，栅栏生死相隔。
无处不是囚笼，活着就是幸福。
心灵浸透泪水——
雏鸟扑翅、儿女绕膝的欢乐，化为梦幻泡影。

在世间，留下一声声

孤寂的悲啼。

悼念一只鸟儿

一

春天来了，你却死了
再也不能对我说话唱歌

早晨，我掀开罩布
你侧身卧着，露出有金黄绒毛的腹部
像睡熟了一样
你的双腿蜷起，但已僵硬
你的两眼闭合，神态安详

我这个心似石头的人
眼泪止不住流淌
想起佛说——
一切如露又如电，如梦幻泡影

生命的欢乐转眼就是虚空

我愿意相信轮回，愿意
相信天堂，相信
你去了另一个世界，另一个时空
绝不相信你死了——这不是死
只是你的灵魂，你的生命
脱掉了肉体这件破旧的衣裳

上帝眷顾我，让你与我相遇
让我见证神话般的奇迹
让你把我从同时代人的抑郁中
拯救出来
却又把你从我身边夺去

从下午到深夜，为超度你的亡灵
我为你念诵地藏菩萨本愿经
你，美的精灵
坠落人间的天使
愿你历尽劫难而永生

睡前，我像平常那样
挂记着你的冷暖
关好窗户，拉下窗帘
免得冷风吹到了你，光线影响你睡眠
可是转而才想起，你已在冰冷的纸盒
那小小的棺材里
溘然长眠

二

今晚没你的陪伴
我独自走进公园

记得有次在门口碰见一位老太太
她拦住我们，一脸怜爱的神情
你却问她："树林子玩儿，去不去？"
老太太摇头："我回家，不去了。"
你变粗了嗓音，小男孩一样赌气地说：
"不去我去！不去我去！"

逗得老太太笑弯了腰
那是你第一次说出这个句子
反应如此之快，令我吃惊

又走过荔树林，它已变得空荡荡
喷水池畔，也没有玩耍的小朋友们
指给你看过的鸡蛋花树
变得孤零零

在圆镜子似的池塘边
我会把笼子挂在歪斜的柳树上
让你静静欣赏葱绿的树林
水中游鱼、凉亭
天空的倒影
此刻，在我眼里
全都黯然失色
蒙着悲哀的迷雾

那时，你会小声提醒我："去不去？"
于是我带你沿着溪边石阶

走向更深的绿荫

"这边玩玩，那边玩玩"
耳旁，依然回响着
你清亮亮的童声

三

几乎一夜无眠，在黎明前
最深的黑暗中
我合上眼睛，在那忽闪的一瞬
我真切地看见
你在阳台上的树枝间
活生生地蹦跳着，啼鸣
二月的寒风呼啸着，阳光那么冰冷
对面山岗上的树林依然蓬勃
这世界，你来过
又离去了
再也不见你小小的身影

四

在楼下花园里，孩子们围绕着你

嬉戏，欢笑

在那一刻，你忘记了自己是鸟儿

自以为是人类的儿童

像一个骄傲的小哥哥

高兴地蹦蹦跳跳

对着弟弟妹妹说话唱歌

五

你走后的第三天早晨，我忽地听见，窗外有鸟叫："树林子玩玩！"连听几遍，我才确信，这是王鸣哥的学生，黑白花小鸟。你死了，你的话语，不，你的歌声将流传下去。正如诗人辞世留下的诗。

自从你来到我家，每天在阳台上啼鸣，引得对面山头树林里的鸟儿们遥相呼应，还经常三三两两飞来拜访你，分享你的食物。那种黑白花小鸟，后来我才从美国天才女诗人奥黛丽·沃德曼的诗中知道是燕八哥，特别聪明的燕八哥，学会了你的叫声，并在树林里自造新句子嘲笑你：

"树林子哈哈哈，树林子在这儿！"

我带你去公园，走到小区门口，保安拦住逗你："王鸣哥，你去哪儿？"

你毫不含糊地回答："树林子去玩玩！"而且反问："你去不去？"保安笑了。

这时门前一棵高大的树上，有只鸟儿附和："去玩，去玩，去玩！"

六

我必须接受你的死亡，
正如我必须接受亲人的离世。

把你葬在对面山上
让你回归你热爱的树林
让你与地下的爱妻相伴

让我可以眺望着你的所在地
虽然从此难觅你的踪影

七

在我心目中，你就是一个两三岁的小男孩，顽皮、天真，
发出清亮亮童音的小嘴，一天到晚说个不停。
要我带你去看外面世界，要我带你去树林子玩玩，
小小笼子岂能囚禁，你自由烂漫的童心？
你充满好奇的眼睛，千遍万遍看不够，
这美丽常新的世界。

自从你的爱妻死后，你就患了抑郁症。
少言寡语，不再发出"树林子的子，嘿嘿嘿"的欢笑声，
先后给你介绍三位漂亮女友，你都不理不睬。
钟情你的主动送上亲吻，你趔趄到一边。
熬了两年零三个月，你病得瘦骨嶙峋。

鸟儿死去了，留下了啼鸣。

别的鸟儿，说着你的话语，唱着你的歌声。

你的离去，是否意味着冬去春来，

还是更严酷的日子来临？

正如诗人辞世留下诗，

你的话语，不，你的歌声将流传下去，

世界上永远回荡着你清亮亮的啼鸣。

2015 年 2 月 8 日—2015 年 3 月 22 日

鸟说话

一个人靠鸟语化解两个世纪的抑郁。
一滴滴泉水，落入心中冻土。
一只有灵性的鸟儿，
代替亡逝的母亲来看望他。

一见如故，落在肩上手上，电脑屏幕上，
守在写字台旁。他起身，就绕着他飞，
他进屋，就飞到门口迎接。
整整三天，门窗敞开不肯离去。

三天后，忽然开口说话：
"树林子！树林子去玩儿去！"
他，被鸟儿带回儿时神话世界，
变成天真的老顽童。

鸟儿带他到从来不去的公园。
"哥哥姐姐聚！我爱玩儿树林子！"
"树林子的子，嘿嘿嘿……"
嘲笑他的批评错误。

奇怪的心有灵犀，心里话替他说出。
跟着鸟儿认识花草树木。
他要回去，鸟儿却给他指路：
"这边玩玩，那边玩玩！"

整整六年啊！一起度过多少快乐时光。
可今年，春天来了，因失去爱侣，鸟儿
患抑郁症死了，留下他，独自
重又咀嚼生离死别的悲苦……

2015 年 3 月 30 日

辑四

大地行吟

江南梦

江南，永远的江南

细雨像春蚕吐丝

黑瓦白墙的屋舍清晰又迷蒙

才子佳人的戏剧仍在上演

还能赚取柔情和眼泪吗

换来的只是一壶浊酒

失踪了前人的脚印

落英缤纷溅满了春泥

哪里找竹杖芒鞋

渔利的钓徒满街奔走

耳朵洗不净蝇营市声

可还有谁潇洒出尘

不见了当垆卖酒的人儿

偶尔的月亮也显得苍白

难得画船听雨

更难得深沉入睡

山似秃顶水似浊泪

江南啊，一个永远失去了的梦境

2001 年 4 月 26 日

西湖吟

来到西湖，我总是水土不服
我这习惯了粗糙豪放的北方汉子
面对美味佳肴和秀山丽水，却难以消受
温柔的波浪看一眼就痴且醉了
和暖的微风吹一下就又软又酥

还有桃花，总叫我想起久已忘却的一张脸
还有柳丝，总会撩动我埋藏在记忆深处的一段歌
原以为，头上的霜雪覆盖了那些不为人知的痛苦
却不料，西湖暗暗深通了我心中的隐衷和款曲

我来到这里，是寻求澡雪精神、清新肺腑
而不是为了解恨消愁、伤春吊古
西湖呀！你的山太媚
不要消磨了我的英雄气

你的水太软
可别泡软了我的一身硬骨

你只要，只要在一个有着三十三轮月亮的晚上
让我静悄悄地走过心头的断桥
给我圆一个许仙和白娘子未圆的梦
今生，便已知足！

2003 年 3 月 16 日
急就于西湖马可勃罗酒店

花径

走过人间四月，落花成泥
就像你遭到重重打击
在高寒的山中，你
却见识了灿然盛开的桃花

湖上重峦叠翠的倒影
是青青的迷离的眼睛
荡漾高山流水不绝的音韵
那江上明月夜缭绕不散的琵琶音

一团乱丝！一团纷乱而柔软的
丝发，又在心中搅起——
又有浑黄混浊的波涛汹涌
苦咸酸涩的泪潮澎湃……

然而，转身已是——
一路的浓艳、芳香
一路的散淡、清新和
一路的诗情

松涛与梵呗遥相呼应
伴随着断断续续的古刹钟声
哦，解开了名缰利锁，远离了贪婪和斗争
你才能欣赏这迟到的春天之美

直到今天，我仍然看见
你漫步花间孤单的身影——
在风雨交加严相逼的日子
你独自聆听。独自行吟

浪井

只听说古时候有宝剑
在匣中郁懑地嘶鸣
为什么，将军留下的水井
也会发出砰訇而沉闷的
波涛的声音

两千年过去了
井壁上深深的创痕
绳索勒出的沟壑
犹如江边纤夫滴血的肩膀
依然触目惊心

荒废在喧闹的寂寞里
埋没在市井之中
那甘洌的泉水再也无人来饮

来洗去脸面和心灵的灰尘
更无人把你当作明镜

但当江河愤怒汹涌澎湃
井中仍然有波浪起伏回应
大地上的辘轳转动之声呵
可曾引起
你心中的隐痛和共鸣？

诗魂
——谒艾青纪念馆

宏伟的建筑，巍峨的塑像
诗魂回到他爱得深沉的土地上
诗人已逝，诗歌长存
诗人留下的诗歌在天地间回响

诗歌是芦笛是火把是黎明的通知
从人民手中，传遍南方、北方，东方和西方
诗人是号手是旗帜是伟岸的礁石
走过血与火，走过风与沙，归来仍站在时代的浪尖上

患难里的哲思融进光的赞歌
心血和生命写下了不朽的华章
诗人已逝，诗歌长存
广袤的大地充满欢乐与忧伤

诗人不用再漂泊到远方

诗魂居住在一个民族的胸膛

分享幸福，也分担痛苦，荣辱与共

诗歌才永远在人心中激荡

诗人从来是诗歌的苦行僧

诗魂仍然是踽踽独行的模样

诗人已逝，诗歌长存

诗人一生的坎坷、辛劳终于得到报偿

有福了！热爱祖国和人民的诗人

有福了！热爱诗歌和诗人的人民

你为人民建筑了神圣的殿堂

人民为你，打造了永恒的塑像……

2003 年 10 月 22 日　金华

冰壶洞

冰心玉壶
蕴藏着梦幻
诗情歌韵
是飞瀑流泉

洞顶石缝
连接着九天
迸放一条银河
高高倒悬

水石相击
转动了滚雷
生出一片雨烟
四处弥漫

是谁，袒露着胸脯

不畏袭人的寒气、冰雪飞溅

那柔美的石钟乳流淌着乳汁吗

看——丛生的石笋争相拔尖

母亲的深情

女儿的爱恋

一上一下的母子瀑

把真情倾泻给世人看

2003 年 10 月 26 日

刊载于国际诗人笔会会刊《诗世界》

菩提榕

在我的诗碑旁，种着一棵菩提树
是谁，要为我婴儿般赤裸裸的诗遮风挡雨

诗它直着嗓子要喊要叫，它的笑发自内心
它的哭来自大地底层的悲苦

智慧的象征呵慈悲的化身！菩提树——
每一片叶子都带着灵性之光，却无言而静穆

背景是青翠的峰峦、黑瓦白墙的村落和一池清水
你挺拔在历史的河流一侧，静待人们走近，感悟

让我的诗心由于你四季常青的苍劲
而永远绿意蓬勃青春长驻

让我的激情因为你清凉如水的绿荫
也增加几许冷静和成熟

释迦牟尼曾在菩提树下顿悟成佛
可我哪怕参透人生，却总不能超然解脱

我学不了佛祖慈航普度
但面对众生的苦难岂可视若无睹

深深扎根于华夏沃土
一个民族的骨殖与血泪在默默倾诉

有人说，诗刻在石头上是诗人的殊荣
我说只有刻在人心里才是最好的归宿

或许有一天诗碑遭逢劫难会被砸毁、拆除
但我坚信：我根深叶茂的诗必将长成参天大树

2006 年 7 月于黄埔第十一届国际诗人笔会

走进草原

走进草原，就走近了成吉思汗
谁也无法避开——
他太阳一样普照大地的光芒
或乌云笼盖四野的黑暗

这个马背上的英雄
率领飓风般的骑兵军团
横扫东西半球，让整个世界
在他的铁蹄下抖颤

上帝之鞭啊！抽打着亚欧大陆
直到他把鞭子失落的地方认作归宿
世界仍像一只疯狂的陀螺
在战火硝烟中旋转

走进草原，端起酒碗

就干掉了月亮

一代天骄的马蹄声

回响在我的血管

2008 年 10 月 19 日

秋天的呼伦贝尔

近处是草地牛羊
远方是白云山岗
一望无际的大草原
照耀着金色的太阳

干草车缓缓地
移动在天边
拖拉机嘟嘟地
拉走了秋天

2008 年 9 月 8 日

在草原

在草原，一切变得简单：
天地多么辽阔，
面前无遮无拦。
有一片草地就能活，
有一张笑脸就温暖。
信马由缰任你驰骋，
蓝天白云任你爱恋。
当你变成自由的小鸟，
灵魂也挣脱了羁绊。

2008 年 9 月 10 日

漠河

狗畅游在河里，衔回被人扔掉的东西
女孩们在水坝上跳起危险的舞蹈
洒满阳光的脸蛋欢笑飞溅

公社的大道在草丛中荒废
留下履带碾轧的车辙
只有黑色的影子将你伴随

远处是俄罗斯风格的城堡
童话的星空早已遥远，彩色风车
还在河岸上滴溜溜地转

西伯利亚暴风雪曾掀翻屋顶
它强暴过田野，强暴过每一个人
谁能够捧出一颗伤痕累累的心

在水边，你把自己的杯子倒空
泼掉昨夜的梦魇和啜泣
以及故乡的残山剩水

装下新鲜的草香与水中云影
水泽女神或小仙女的笑脸
一整条清澈鱼弋的河流

在岁月的镜中默认沧桑变化
不再天人交战，且流连夏日时光
看六月的小花星星点点，开得像童年

2017 年 6 月 29 日

列维坦之夏

我走进列维坦的画中
在被风暴反复摧残的白桦林
辨认那些伤痕累累的眼睛

此岸，一方御玺仍高高架起
镇压着边界内的土地
履带似的碾轧不着痕迹

野刺玫、野罂粟好像乡间小妹
天真无邪的喧笑声
更衬托出废墟般死寂的氛围

布谷鸟依然孤独地啼唱
在无人耕作的广袤原野上
不知她是否来自被遗弃的故乡？

唯有诗歌如巨流大河

隔着浩荡的岁月

我和普希金伸手相握

2017 年 6 月 30 日

边界

我站在边界
笑话溢了出来
被骤然的暴风雪
冷冷打回

我站在边界
边界倏忽间后退
好像成了叛国者
被两边的子弹追击

我站在边界
边界陡然塌陷
把我抛进噩梦的
万丈深渊

醒后远远望去
边界是波浪线，是雾
是一道雾中白光
扑朔迷离

就像你，就像你
谜一样的微笑
爱与死的边界
永远变幻莫测

2017 年 7 月 1 日

七月的野罂粟

野罂粟，七月的野罂粟
你为什么开得血淋淋

我曾把你看成朝霞，看成
预示着好天气的火烧云

你是从江那边传过来的吗？
是一场腥风血雨把你撒播到这里？

在这多灾多难的土地上
你随风撒播有毒的种子

你是致命的诱惑
你有魔鬼的骨髓

你让多少人在痛苦中麻痹
又让多少人陷入歇斯底里的疯狂

你以人血为肥料，开得这般妖娆
你在哪里盛开，就给哪里带来无尽的苦难

你几乎让一个民族万劫不复
广袤的原野，浸渍着祖祖辈辈的血泪

野罂粟，七月的野罂粟
你是眼前一片新鲜的血……

2017 年 7 月 7 日

苏轼墓前

默立在你墓前　我忍不住
泪崩　你一生的颠沛流离
纷纷向我奔来——

在一滴泪水中　我认出了你的身影
黄州赤壁的黄泥板上
月冷霜白　一片秋夜的落叶
如野鬼孤魂　在寒风里踯躅……

冒着岭南的酷暑溽热　蛮烟瘴雾
在风雨泥泞里跋涉　歪歪斜斜
踉踉跄跄　枯瘦如竹的笠翁……

天涯海角的儋州　潮来潮去
小岛上　海啸中颤摇着

一棵披头散发的椰树

傲然飘然　又孤苦伶仃……

在一滴泪水中　我认出所有诗人的命运

你　玉石陨落　在这口世代相传的大染缸里

难以见容　被厄运选中　捡起扔出

是不幸还是万幸　几经风雨冲刷　历霜澡雪

终于恢复原本的洁净

从此走出　并远远离开　那间封闭千年的黑屋子

让那些人做鬼　鬼装人

各持一把软刀子　无休止地杀来杀去吧

才有了纵一苇之所如的洒脱

和凭虚御风　遗世独立的超然

在辗转难眠的夜里　你的诗文是安神药

跟你相比　我那些小小的磨难算得了什么

在你身上我认出所有诗人的命运……

唯愿追寻你的足迹

江海寄余生……

2017 年 12 月 31 日

辑五

自由钟

我来到马恩广场

当大地一片迷茫
我来到马恩广场……

这是有薄雾的寒冷的早晨
灰蒙蒙的天空看不见太阳
道路，布满冰雪、泥泞
这里，笼罩着沉寂、空旷

那个年代劳动的人们
站成广场后面粗糙的石像
那团结战斗甚至拥抱接吻的姿势
都变得遥远而又令人神往

那蓬勃奋发、昂扬向上的精神
那纯洁健康、天真烂漫的思想

那青春的热情、冲动和活力，都哪里去了
难道，早已被今日的世界遗忘？

我遐思着走向广场中央的纪念碑
发现它上面残存着零星的纸张
我惊讶地注意到：中国"文革"和学大寨的图片
也参与展览了当年"共运"的辉煌

是否这些红色的碎片，把众多的心灵
划破、刺伤，而陷入失望、迷惘？
是否这些曲折的记忆，从此让人们
在歧路彷徨，不再来到这里瞻望？

近旁，是拥挤的古老教堂
远处，是喧闹的新兴市场
道路，布满冰雪、泥泞
这里，笼罩着沉寂、空旷

只有两位伟人还留在这里
沉思在这世界的广场

一个坐着，另一个紧挨在身边站着——暗影
映衬着他们深深痛苦思索的光辉脸庞

我突然觉得：不是艺术家创造了这尊雕塑
而是他们穿透时空的火炬般的思想
燃烧历史，照亮未来，融化最冰冷坚硬的现实
才铸成这尊无比庄严肃穆的铜像

我清楚地听见他们浓重深长的呼吸
我真切地感到他们灼热滚烫的目光
我恍然顿悟：寒冷只会带来清醒，却不能
把思想者岩浆般沸腾的思想冻僵

这情境不是一个冬天的童话
也不是空灵飘忽的幻象
我知道：我们正在变幻的风云中寻求答案
执着地走向远大的理想

道路，布满冰雪、泥泞
这里，笼罩着沉寂、空旷

这是有薄雾的寒冷的早晨
灰蒙蒙的天空刚刚透出熹微的晨光

哪怕寒风，将脸颊刮裂
即使跌跤，把脚踝扭伤
我走在马恩广场
当大地一片迷茫……

1999 年 1 月 27 日

柏林墙

今日柏林墙
成了街头画廊——

一幅画着一只红色的大而痛苦的眼睛
一幅画着一只巨型的推出墙外的手掌
一幅，是正在拥抱接吻的昂纳克和勃列日涅夫
被绘成同性恋般的模样

也许，因压抑太久的情绪突然得到释放
所有的画面都那么变形而又夸张
连那个道路中间持枪站岗的士兵雕塑
也是十分怪诞和滑稽可笑的形象

曾经，兄弟阋墙
往事，不堪回想——

一边，是匮乏贫困
一边，是丰裕富强
一边，是单调禁锢
一边，是繁华开放

当年，为了翻越这道
如今看来并非不可逾越的屏障
多少人把最后一滴鲜血
溅洒在这堵不高也不厚的墙上！

千里江堤溃于蚁穴。是什么
掏空了这固若金汤的堤防——

困顿的、愤懑的、激奋的人群
终于汇成潮水汹涌浩荡
一夜间，冲垮这道坚如磐石的墙
并席卷了西德所有的市场

这已经倒塌和特意保留的墙再次证明
贫穷不是社会主义，民心不可阻挡

还有许多看不见的问号，画在这面墙上
还有许多解不开的难题，刻在人们心上

我至少应该庆幸——昔日的森严壁垒
成了今天嬉笑怒骂尽情发泄的对象！

1999 年 2 月 1 日

枫树

在蔚蓝色的远方
有一棵孤零零的枫树
它朝天空蓬勃伸展
在冬天阴郁的背景中
擎起一片灿烂的金黄

大路，一条条幽暗的大路
蜿蜒在迷蒙的地平线
枫树，像一面鲜艳的旗帜
招展在遥迢的旅途上

我的眼睛被它倏然擦亮
我驻足凝视
这流光溢彩的青春树
不知道经历多少风雨

才展现出灵魂的美丽，和
生命的成熟

在寒冷的日子里
为什么，不枯萎，不凋零
反而鲜花一样粲然绽放
是它有特别的意志
还是大地母亲
给了它温暖和力量

我永远难忘
在漫漫的人生路途上
在严酷的岁月
枫树抖落阵阵雪霜
将一把金色的小号
悠悠地吹响

　　　　　　　　1999 年 2 月 12 日　凌晨

残雪覆盖的村庄

残雪覆盖的原野上
树林遮不住的村庄
十二月黄昏雾霭中的村庄
孤独而寒冷的村庄

这异国迷蒙的天空下
弥漫着年节气氛而发愁的村庄
蹲在河边的高地上
像一个寒风中瑟瑟颤抖的农民

到处的村庄都是一样
低矮、破旧
丑陋又贫穷
令人心痛

和我祖国的村庄没什么不同

站在我面前

默默相对无言

像我木讷的不会说话的兄弟

2000 年 1 月 29 日

月光照亮罗马

今夜　在松树的翅膀下
月光照亮罗马

照亮蒙昧幽暗　野蛮的罗马
被母狼哺育而长大

凯旋门高高矗立　静静栖息
伊索寓言中的乌鸦

威尼斯广场　月光如雪霜
砌成梦幻的银色大厦

带翼的胜利神凌空奔驰
驾驭锈黑的铜质驷马

今夜　永恒的月光照着
照亮永恒的罗马

照亮断壁颓垣
昔日的梦想与繁华

曾经的辉煌变成了废墟
不朽也已然风化

多少血肉之躯被刀砍斧凿
才堆砌出所谓的光荣、伟大

刺痛着历史的神经
战栗着黑夜的毛发

今夜　白的更白　黑的更黑
月光朗朗地照着罗马

却照不亮血腥染黑的石头之城
数千年浸渍的黑暗旮旯

大斗兽场阴暗地蹲伏着如饕餮巨兽
哀号和呻吟仍回荡在高墙之下

黑洞洞的真理之口吞咽着真理
神庙带着脚手架和影子轰然坍塌

高高的祖国祭坛火炬暗淡
众多英雄雕像的眼睛已瞎

今夜　在月光的喷泉下
痛苦　照亮了罗马……

1999 年 1 月

晴朗的一日

晴朗的一日，为什么
你纯洁温柔的心胸
撕裂了
吐出阵阵忧伤的颤音？

晴朗的一日，为什么
在你的歌声里，你孤寂一人
徘徊在冬夜辽阔荒凉的原野
而高悬的苍穹闪烁着寒星？

晴朗的一日，为什么
从高到低，从愤懑到抑郁
你婉转变化着万千种沉痛的感情
爱与死错综交织，难解难分？

晴朗的一日，为什么
你不停地徘徊
不停地诉说，呼号，哭喊
呵——哭喊出你的歌声

晴朗的一日，为什么
你倾诉人生的悲苦，发出灵魂的拷问
充满绝望和哀愁
欲生不得，欲死不能？

晴朗的一日，为什么
你的歌声，缭绕着盘旋着，向上
飞到云雾缭绕的天庭
又嘹亮地震颤，如闪闪白刃，直抵我疼痛的心里？

晴朗的一日！……

2000 年 8 月 28 日

逃

一弯冷月，是英雄的佩刀

在清凉的黑暗中消隐

宁静的冰湖上，缓缓升起

威武之狮的凯旋门……

急促的弓弦在背上催打得紧

逃啊——无论策马扬鞭还是驾车狂奔

逃啊——你逃也逃不出去的

是这无边大地的寒冷黑暗

是这无地可履的薄冰……

霓虹灯醉得酩酊，张开性感的嘴唇

伸着血红的舌头

到处舔舐、狂吻

把街市和道路吻得一片猩红、血腥……

急促的弓弦在背上催打得紧

逃啊——无论策马扬鞭还是驾车狂奔

逃啊——你逃也逃不出去的

是这灯红酒绿，是这赤焰翻卷的情场

是这狼藉一地的残春……

水杉幽寂的园林，四下里死亡的磷光一闪一闪

一动不动地瞪着一双双狼眼睛，盯死你的动静

灯下黑影中

潜伏着沉雷——欲爆破黎明……

急促的弓弦在背上催打得紧

逃啊——无论策马扬鞭还是驾车狂奔

逃啊——你逃也逃不出去的

是这嫉妒杀戮，是这怨鬼遍野的屠场

是这墓碑林立的坟岗……

帝国大厦灯火辉煌，水晶的宫殿

穹隆的拱门，红色挑逗的窗户

黄色诱惑的灯笼

隐秘的毒涎，甜蜜的陷阱……

急促的弓弦在背上催打得紧
逃啊——无论策马扬鞭还是驾车狂奔
逃啊——你逃也逃不出去的
是这虚假繁荣，是这古老石刻的梦境
是这美丽蒙昧的石头之城……

逃啊——

1999 年 11 月 24 日

旧金山湾的海狮

在旧金山海湾
你吃力地爬上木板
带去一阵腥臭的新鲜

来自深深的海洋遥远彼岸
那沉默底层失语的黑暗
扭动、伸展——你的笨拙憨态可掬
你号叫，操着他们听不懂的语言

浑身湿漉漉，水淋淋
你有着痛苦而黝黑的灵魂
曾在泥巴里挣扎，打滚
谁再踩你，也要让他腥臭沾身

终于能够呼吸一口自由而清新的空气了

灿烂的阳光，却令你目盲——

不是淘金者，也不是偷渡客

"我来到这个世界，只是为了看看太阳"

2011 年 4 月 19 日　凌晨

天使岛

被绞断翅膀
被剥光羽毛
被关在汪洋大海中间的孤岛
四周是嗜血的鲨鱼
是汹涌而险恶的波涛

用羞辱，用折磨
用风雨岁月的刻刀
把你的苹果脸和青春容貌
慢慢地侵蚀
慢慢地雕刻
雕刻成干瘪的山核桃
雕刻成骷髅和木乃伊

从大洋彼岸到此岸

只是从黑暗到黑暗

从地狱到地狱

坠落人间地狱的天使

被捆绑于岩石

如受难的普罗米修斯

乌鸦在耳边聒噪

鹰隼啄食你的肝脏

鲜血在流淌、在滴溅

自由——

只是天上白色的鸥鸟

谁能听见

你高墙内的呻吟与呐喊

谁能看见

你用断指蘸着鲜血

在黑暗的墙壁

写下悲愤的诗篇

仍然坚信——

被剥光羽毛的天使

被剥夺一切的人

终将砸碎奴隶的锁链

打破被奴役的命运

以头颅作蜡烛

以躯体作铁锤

穿透此岸与彼岸

在黑暗的世界

点燃自由的火炬

敲响自由的钟声

2011 年 5 月 14 日

恶魔岛

一座岩石的孤岛：兀立海洋
生命于死寂黑暗里囚禁
唯有黑鸬鹚，在悬崖上沐浴着阳光

被汹涌澎湃的波涛和
凶残嗜血的鲨鱼围困
逃狱，绝无可能

透过铁窗，遥望——
旧金山生机勃勃美女如云
是另一种酷刑

犯人们变成没有思想的猪
越是沉迷于低俗的娱乐
看守就越高兴

跟老鼠、虱子和蟑螂为伴
听话的有好日子过
不顺从的，就朝死里整

一走进监狱的铁门
阴森森寒气刺骨
却把我冬藏的记忆蜇醒

2011 年 4 月 23 日

加州阳光

这加州的阳光多么不真实！

它竟然把我的皮肤晒成小麦色，
它照得我目盲，照得心发慌——
它无分别地普照大地，我害怕找不见自己的影子！

我从不知道世界上有这样的阳光，纯净而明亮——
从蓝玻璃的天空洒下来，竟然没有穿过一丝云翳，
竟然没有沾上一丁点灰尘！

这暖融融的阳光——
甚至融化了我心底的冻土与坚冰，
甚至驱散了我灵魂的灰霾与阴影。

我竟能这样舒畅地呼吸清新的空气吗？

我竟能这样放松惬意地伸展肢体吗？
我竟能这样无所顾忌地享受日光的沐浴？

我不敢相信！世界上还存在着这样的阳光！
我不再愤懑抑郁，我快乐得想哭！
我要哭却哭不出来——

但愿这加州阳光真的是虚幻的，
是我的白日梦一场！

2011 年 5 月 17 日　午夜

辑六

白桦树的眼睛

白桦树的眼睛

秋天的伤痕，白桦树的眼睛
记住并刻下一个个年代的罪证
所有的人都变成囚徒
被鞭子驱赶着，被枪刺监督着
时代的洪流无法抗拒，裹挟一切
历史扼杀了个人。那些漂亮的词组
却极大地伤害了人们

远处积雪的山峰，更加荒凉的天空
黑色的送葬队伍，在茫茫雪地上行进
睁大眼睛的儿童
努力理解死亡，冥想母亲
埋在黑暗泥土里的面容
妈妈留下一把琴，你没有学会弹唱
却成为一个愤怒的诗人

一边是豪奢的宴会，一边是饥饿的游行

一边是强暴的亲吻，一边是镇压的血腥

铁蹄和刺刀，冲向手无寸铁的人们

雪地上的鲜血——多么的鲜红

雪地上的鲜血被大雪掩盖了

少女的纯真，女性的温柔

又岂能融化严酷时代的冰冷

时代是一列黑夜里呼啸的闷罐头火车

轰轰隆隆，谁也不知道开向何方

穿过地狱却又禁锢封闭成地狱，令人窒息

只有扑进大地怀里，才带来瞬间的欢愉

而美好生活的愿望，一再被寒冬扼杀

到处都有背叛，就像到处都有爱情

爱情和背叛，一对孪生姐妹

大风刮走落叶，刮走很多过去的事情

苦难改变了你的面孔，让你在镜前

久久不能把自己确认

鲜花开放在窗台，你依然满怀期待

你依然相信——美丽的六角形雪花

会变成春天的遍地鲜花。一个人

经历多少痛苦与不幸，还相信真理和爱情

恐怖在大雪里把你追踪

恐怖包围了寂静的茅舍

没有星星的夜晚，在狼群的嗥叫声中

你点燃内心的灯盏

写下自由与生命呐喊的诗篇

记住并刻下一个个年代的罪证

呵，秋天的伤痕，白桦树的眼睛……

2006 年 8 月 27 日

修道院

在荒野之地建立庙宇
在孤寂中找到永恒的幸福
让时间停滞。决定一旦做出
就是一辈子的事

在沉思默想的地方
创造完美平衡的奇迹
书籍发出光芒
住所包容了整个世界

歌颂贫穷、顺从和忠贞
每天唱七遍赞美诗
在祈祷和沉默中度过生活
充满惶恐，又是处于集体中

经过精心设计的自然画面
使天国看上去并不遥远
虔诚地，把营造的幻影当真
赞美和荣耀属于唯一的主

当神坛坍塌，神像变泥
神圣殿堂成了新的采石场
在你内心留下一座遗忘的废墟
是灵魂的闪电又将它照亮

2006 年 9 月 6 日

161

庙宇

光芒，石头，以及一个神话
牢狱，避难所，上帝的羊圈
空气中的石头城堡
悬挂在大海与天空之间

用红墙下的阴影测量时间
岁月是一张永远不变的脸
只有死亡才能把你解救出来
当落日滑下沉重的门闩

魔术开始了，魔术无数次上演
在鞭子的抽打和叩头的喊叫声里
众口一词。齐刷刷地下跪
所有的面容在香烟缭绕中消失

杀死怀疑者，杀死异教徒
并杀死那最认真和最虔诚的
鲜血浸透红皮书。以主的名义
把主巧妙而秘密地杀死

狂信者的交易所，阴谋与阳谋的
密室。石头的火焰从未点燃
旅行没有开始便已经结束
一场梦幻：想象之旅的太空驿站

2006 年 9 月 20 日

奥斯威辛或其他

一

雪铁丝网被雪覆盖的灯巨大的阴影

在黑暗中你想说话吗　把吐出来的吃干净

新来的人被分类游戏　就是让你跳进粪坑

红十字车来了　满载毒气　男女老少集体沐浴去见上帝

活人被倾倒在焚尸炉中　幸存者再次被开枪打死

当着妈妈的面孩子被扔向墙壁溅出血来

二

暴君的履带轧断了孩子们的欢笑和歌声

武装到牙齿的魔鬼在冷酷地推进

一声沉闷暗哑的刺刀声　便结束一个稚嫩鲜活的生命

一阵阵清脆响亮的枪弹声　　便让一群群天真烂漫的年轻人
倒在了大街上空旷的广场　　绿茵茵的草地

三

你出卖了灵魂　　就能保全身体
有人买了假身份证　　有人一心要躲到墙壁里去
有人抗争　　一抬头就被砍断　　倒在了血泊中
孩子被训练成杀人犯　　这一切
你在《圣经》里找得到答案吗

我没有听见枪声　　外面没有风　　没有黑夜
没有哭泣声　　吵闹声
什么也没有发生　　没有痛苦　　甚至也没有噩梦
我整夜听到这声音　　那是窗户上的声音
那一定是北风在呼啸　　呜咽的风

你不该来到这里　　你只会带来眼泪
我的眼泪早已流尽　　如果我的泪水在流　　我会带上玫瑰

人们在街道上死去　死人　躺在那里的就是现实
你不能从死人口中获知真相　只能把罪行强加于死人

四

"劳动带来自由"——走进悬挂着巨幅标语的大门
照片上死者的面孔　仍然带着灿烂笑容
鲜血漫到我们的脚踝——数不清　有多少青年男女
被剜掉眼睛　被切开喉咙　被割下手　大腿和乳房
被咬断的手指　死者的手里紧紧攥着
从自己或别人头皮上扯下的头发
一具具肿胀发黑的尸体　一张张血肉模糊的脸
无法辨认　死者的皮肤在埋葬者的手中融化
那一幕难以描述……难以描述……

五

走出黑暗的隧道

又走入黑暗的隧道

穿过地狱的列车

又驶进地狱

炮弹炸毁了钢琴

却不能把琴声摧毁

尽管回答问题的

依然是枪声

六

雪　栅栏

雪　道路被挡住

雪　神秘而宁静

雪　时光也无法移动那些匀称完美的墙垣

雪　一只黑手遮住了太阳的脸

雪　抹去所有杀戮和血腥

雪　把一切真相掩盖

雪　惨烈的暴行　恐怖的戕残似乎从未曾发生

雪　世界看上去显得多么整齐　纯洁　干净
雪　让你误认为生活可以重新开始
雪　你真的相信　春天　将焕然一新
雪　使我们目盲　什么也看不见

七

失忆的人们走过雪地
留下一行行肮脏的足迹
大雪呀大雪　掀开空白的一页
难道　要再次用鲜血填满

2006 年 9 月 8 日

肖申克的救赎

高墙。铁窗。内部的黑暗
强暴。号叫。恐怖的摧残
公仆变成虐待狂。长官是暴君
所有无辜的人被改造成真正的罪犯

泯灭良知，紧紧闭上双眼
出卖灵魂，才能把身体保全
打死一个人就像碾死一只蚂蚁
生命不值一文叮当作响的小钱

希望充满危险使人疯狂
向往阳光是一切痛苦的根源
仅仅因为哭泣就被活活打死
在噩梦中跌落无底深渊

由憎恨到适应，只是一个过程
生存——依赖于习惯了的监禁和黑暗
小鸟飞出囚笼，翱翔在一片自由的蓝天
而人——心灵残废，翅膀早已折断

举起双手，接受宿命的安排
与地狱达成妥协，成为魔鬼的伙伴
或抵抗侵蚀，在魔窟里坚守人性
用小小鹤嘴锄，执着地挖掘光明一线

自我救赎：音乐和书籍是慰藉的源泉
在时间停滞的地方，将时光雕刻和把玩
内心坚持：自己无罪的认定——被打得再狠
被踩到最底层，也绝不放弃人的尊严

被欺压得万劫不复！也要憋住胸膛里的呐喊
无可选择：从一条肮脏之路逃往新世界
被侮辱和被损害的，必起而复仇
向施暴者——连本带利地把血债索还

当你从阴沟里钻出来，从烂泥里站起来

当暴雨冲刷着你的身体，荡涤了灵魂

你用雷霆一般的声音发出怒吼：归还的时刻到了

贪婪的暴君及其奴才终将遭到末日的审判

2006 年 10 月 9 日

一只蜜蜂嗡鸣引起的午后之梦

地球爆裂——
扎进了巨大的枪刺
马儿奔向大海
鱼儿游在沙漠

世界是千疮百孔的蜂巢
蜜蜂变成杀人蜂
耳朵里炮火隆隆
眼中旋转着臭氧洞

蚂蚁在你腋窝里做巢
蜥蜴在你小腹上赛跑
双肩是酸雨侵蚀的悬崖
两脚长出浮萍根须

你吸尾气，吃垃圾
你喝毒奶和票房毒药
你梦中流出的混浊汗水
入海变成赤潮

你皱纹重叠的额头
是沟壑纵横的黄土高原
头颅爆裂——
迸发电闪雷鸣

2009 年 1 月 27 日

饮酒

我在船舱里饮酒
船舱外，一个鸟人在飞

我还没拿起酒瓶
就看见那个鸟人

我还没拿起酒杯
酒就自己倒出来

鸟人把自己连根拔起
我从自身脱落

鸟人滞留于漂浮中
我沦陷在酒杯里

鸟人在云雾纷扰里迷失

我在酒水中沉溺

我成为自己的囚犯

鸟人拘禁于飞

一切都在摇晃

一切都在倾斜

放不住安静的餐桌

颠倒天空与大海

一个鸟人在飞

我怎能安然饮酒

2009 年 1 月 27 日

影子（二）

最终，你发现——
你一生反抗的是：无人

你一生都在反抗一个影子
你一生都被一个影子所纠缠
不知道是你从属于影子
还是影子从属于你

你被影子爱得难解难分
你被影子掩盖蒙蔽而迷失自己
你被影子笼罩、压迫和窒息
影子在你身上

——展开它的独裁专制

影子不能自立却是如此顽固
影子不可捉摸而又无法躲避
你依赖于影子而存在
你的言行和思想听命于影子

影子通晓你心中无数隐藏的秘密
影子掌握了你的弱点和陋习
影子将你仅剩的棱角磨圆
消除你和影子的差别

——影子对你负责又推卸了一切

无论你举手还是抬足
你怎样挣扎都无法挣脱
你逃到黑暗里也甩不掉影子
它更密不透气地包裹住你

你已在影子里趋于消失
你的生命被影子绞杀
直到你埋在土里或灰飞烟灭

它才把你弃若敝屣

——转而追逐另一个人形

最终，你发现——
你一生反抗的是：无影

2009 年 2 月 5 日

在清醒的梦魇中

在清醒的梦魇中——
我的舌头上压着石块
我不知道说什么或怎样说
话语只带来虚假和伤害

在清醒的梦魇中——
我的眼睛沾上了糨糊
我看见了什么又如何看见
难辨是黑暗还是迷雾

在清醒的梦魇中——
我的四肢无法动弹
左右不能进退两难
僵硬地挺尸一般

在清醒的梦魇中——
眼不能睁口不能言
我已被施了魔法
拘囚于无声的呐喊

2009 年 3 月 2 日　夜

愚人船

你无家可归，故乡已毁
备受摧残的大地面目全非
你成为无根的人
还不如水上浮萍
你被海盗所劫夺
水手即狱警。一个流氓船长在掌舵
永远不知前方是什么

生下来就是奴隶，就是有罪的人
这条船就是你不可选择的命运
这船上的锁链就是为你打造
注定了放逐终身，又拘禁终身
为船所囚，被水所困
跳下去就得淹死
一命归阴

你随波逐流，不管死生
漠不关心朝哪里航行
你只盯着眼前的酒肉
盯着跟自己争夺酒肉的对手
笑看太阳也失足落水
让星星出租脸蛋
月亮夜夜卖身

醉生梦死或装疯卖傻
癫狂也赢得崇高的声名
告密和骗术的瘟疫船上流行
人人感染这不可救药的顽症
死者都带着感恩戴德的笑容
小丑作秀从未引起恶心呕吐
却令你与群众肃然起敬

做一个愚人是多么幸福
船上有永无止境的滥饮之宴
且享受美人儿和美味的食物
管它哪一天会不会触礁沉没

要不你干脆成为疯子
请千万别当傻帽的异教徒
免得直接被拖出去整死

2009 年 3 月 21 日

男女

在各自生锈的铁笼子里
我们相对站立
将脸蒙上一块白布
赤裸着身体

在一条锁链的圈禁里
你赤裸着女性的身体
却顶着男人脑袋
戴上骷髅面具

在各自新漆的木笼子里
闭上眼睛相对站立
我伸出金属机械之手
把你的手寻找触摸

你的手腕吊着砝码
我的脑袋装满齿轮

2009 年 6 月 27 日　夜

在死者的瞳仁里

活着，遭受一场戏弄
死了，还免不了被污辱
记住，记住杀人犯的嘴脸
在死不瞑目的瞳仁里
刻着凶手最后的影像

2011 年 9 月 10 日

盲人

在黑暗时代需要盲人引领。
这个盲人被画地为牢，
囚禁在自己家中。
像地下矿井的挖煤工，
头顶明灯，心中有光。
"你整夜整夜地敲打狱门和
墙壁——要在黑暗的牢狱里
打出一道光明来"

我们都是睁眼瞎，早已有眼无光，心如死灰。
我们这些双眼明亮的人是真正的盲人。
只有盲人能在黑暗中为我们领路。
他曾经是荷马，是海伦，是阿炳，
如今是一个连姓名都要被屏蔽、删除的人。
在祖国潜逃而后流亡异域。

在黑暗漫长的隧道里，只有盲人，

只有盲人能够引领我们。

只有盲人，心中有光……

复活

被砍掉头颅的树依然在生长。

它躯干不倒，直挺挺站立。

根须从大地深处默默汲取力量。

它终于从泥土里复活。

抽出新枝，做一把琴的弓弦。

演奏春风在冰雪上谱写的第一乐章。

用茂盛的绿荫掩藏起创伤。

在风雨中喧笑，在阳光下歌唱。

让鸟儿筑巢在高高的肩膀上。

多么像舞干戚的刑天。

它与死神再次相互遗忘。

被砍掉头颅的树依然在生长。

2015 年 3 月 30 日　凌晨

铁丝网上的无名小花

锈迹斑斑的铁丝网上

无名小花

孤寂地开放

它的下面

是一个狗能钻过的洞

在那年月

人就从这狗洞里爬出去

为了一口活命的粮食

偷渡到界河对面的另一个世界

有些人中途沉没

有些人中弹倒下

（由此滋生了一个捞尸行业）

有些人被遣送回来

又被批斗殴打致死……

那个年月，似乎都已被踏春的脚步遗忘

只有锈迹斑斑的铁丝网上

无名小花

用暗红如凝血的颜色

提醒着刺痛的记忆……

2015 年 4 月 10 日

阳台上一株玫瑰

阳台上一株玫瑰

细瘦的枝干朝外倾斜

努力地，试图把她唯一的花

举过高高的铁栅栏

她被戕残过多次

家里暴政我也无法制止

"必须年年砍头

才能培育美的玫瑰"

不曾见她流血

花儿却开出血色

她似乎有眼睛

在翘望外面的山野

她似乎有头脑

指挥着身体扭转挣扎

一株纤弱的玫瑰

怎么像一个囚犯

在不能挪动的方寸之地

在无期徒刑的终身监禁里

她在苦苦思索什么

在执着地寻找什么呢

是渴望拥吻阳光与清风

还是神往迎迓蜜蜂和蝴蝶

或者，只是想看看大千世界

不然，为何用尽全身气力

要把唯一的花

举过高高的铁栅栏去？

2015 年 11 月 29 日